푸른
시인선
020

솔로몬의 방

나를 울게 하소서

이채곤 시집

푸른시인선 020
솔로몬의 방 — 나를 울게 하소서

초판 1쇄 인쇄 · 2019년 11월 15일
초판 1쇄 발행 · 2019년 11월 20일

지은이 · 이채곤
펴낸이 · 한봉숙
펴낸곳 · 푸른사상사

편집 · 지순이 | 교정 · 김수란
등록 · 제2019-000161호
주소 · 서울시 마포구 토정로 222, 402호(신수동, 한국출판콘텐츠센터)
대표전화 · 031) 955-9111(2) | 팩시밀리 · 031) 955-9114
이메일 · prun21c@hanmail.net
홈페이지 · http://www.prun21c.com

ISBN 978-89-91918-78-8 03810
값 10,000원

이 도서의 국립중앙도서관 출판예정도서목록(CIP)은 서지정보유통지원시스템 홈페이지(http://seoji.nl.go.kr)와 국가자료종합목록 구축시스템(http://kolis-net.nl.go.kr)에서 이용하실 수 있습니다.
(CIP제어번호 : CIP2019045518)

솔로몬의 방

나를 울게 하소서

나를 울게 하소서

기쁘고 즐거운 곳 그 어디에

밤새워 눈을 뜨니

창문 열리고 바람 출렁이고

새소리 나를 울게 하소서

세상살이 뜻대로 되리오마는

낮이나 밤이나 가로등 불빛

영원에서 순간으로

서둘러 떠나는 발길

높은 돌담 믿음 소망 사랑

그리운 사랑 찾아 헤매이다가

여전히 산간에 떠도는 메아리

나를 울게 하소서

| 차례 |

제1부 칸나 붉은 꽃처럼

| 솔로몬의 방 |

| 차례 |

제2부 나를 잊지 마세요

제3부 강가에서

| 차례 |

제4부 그대에게 꽃을

제5부 강물 건너가다가

제1부

칸나 붉은 꽃처럼

꽃봉

아침 햇살 따사로운

봄날이어라

날개 점 노란 나비 한 마리

초가 돌담 뿌리 꽃으로

피어난다

오, 마른 목 터지듯

꽃봉 꽃잎 물길 트누나

칸나 붉은 꽃처럼

생명나무교회 뒤뜰 안에
칸나 붉은 꽃처럼
아름답게 피어나는 꿈
화려한 꿈나무 열매
억수로 떨어진다
미자야, 소쿠리 들고 가자

하늘을 바라보며

하늘을 바라보며

구름을 바라보며

하늘은 하늘들을 품고

구름은 세상 모든 모양으로 떠돌고

흐르고 흩어지고 사라지고

삶은 속살을 보이지 아니하고

여우의 이야기도 들리지 아니하고

가끔 닫혔던 문들이 열리면

문이 열리면 다시금

하늘을 바라보며

보이는 것들은 보이지 않는 것들로

푸르고 깊고 먼 푸르름

흐르는 개울로 흘러서

언뜻언뜻 어떤 손짓일까

육자배기

혈압이 오른다

혈당 수치가 오른다

새벽 어둠 몰리어 울부짖는다

육자배기

가슴 때리고 치미는 설움

차오르는 눈물고개

듣거라 들어라

어찌 그리도 서럽더냐

네 어머니의 눈물 어린 꽃상여

네 젊은 아우의 피맺힌 이별

새벽을 깨우는가

어둠을 붙드는가

육자배기

눈물 없이 들을 수 없더이다

돌 9

소리마다 다 다르니

소리마다 다 다름이요

소리마다 다 다르게 들리니

소리마다 다 다르게 들리며

소리에 높고 소리에 낮고

소리에 길고 소리에 짧으니

소리로 소리를 들어서 아픔이요 고통이요

소리로 소리를 들어서 기쁨이요 즐거움이니

바람이요 강물이요 아득한 산이라

보라 네 눈물 속에 흐르는 소리여

진도 아리랑에 부쳐

저놈의 영감탱이 술이나 먹고
기나긴 밤 내 궁둥이는 왜 안 만져주오
아리아리랑 스리스리랑 아라리가 났네
아리랑 고개고개로 넘어나 간다

네가 좋고 내가 좋아 서로가 만났는데
정신병원 입원시키니 눈물이 난다
아리아리랑 스리스리랑 아라리가 났네
아리랑 고개고개로 넘어나 간다

여보야 내 사랑아 울지를 마소
정신병원 입원했으니 술 끊고 갈게
아리아리랑 스리스리랑 아라리가 났네
아리랑 고개고개로 넘어나 간다

친구야 내 친구야 내 친구들아
몸 나아 건강하게 살아나 보세
아리아리랑 스리스리랑 아라리가 났네
아리랑 고개고개로 넘어나 간다

오키나와

오키나와에서 오키나와

오키나와가 무슨 말인가

가고 오고 갈게 올게 들고 나고

가고 오고 갈게 올게 들고 나고

날 궂어 이윽고 비

빗줄기 비바람 타고 몸서리치게

빗줄기 빗물 되어 눈물 되어

창문에 흘러내리고

비바람 몸서리치게 바람 불어

감기 몸살

감기 몸살 약 먹고 눈물 나니

눈물 나게 그리운 어머니

어머니 그리워 눈물 흐르니

오키나와가 무슨 말인가

잊지 마라 오키나와

어머니 그리워 눈물 흘린 오키나와

꽹과리 1

사람이 죽어 없어진다는 사실을

너무 일찍 알아버린

초등학교 때

달빛마저 무서워

달음박질 힘껏 달리며

돌밭길 신작로 뛰어 도망치고

그래도 어쩔 수 없다는 것을

달빛 어리둥절 머릿속 아찔

행상 짐 꾸러미 소달구지에 싣고

엄마는 어디쯤

터벅터벅 걸어오고 있을까

한평생 어디쯤 걸어오고 있을까

한평생 머릿속 매미 소리 맴 맴

언제나 머릿속 매미 소리 맴 맴

꿈결에

아침 문 두드리는

꿈결에

얼마나 먼 거리일까

새소리 방울 소리 울려

너를 부르는 소리

물결 출렁이는

가슴 두드리며 가슴으로 흐르는

가볍게 걷는 발걸음

꿈길 꿈 깨우는

아, 언제나 마음 설레는

네 영혼의 노래

사랑의 노래

모차르트

플루트와 하프를 위한 협주곡

기다리면

어이 오시려나
날씨 흐리니 산길
물길 발길 힘드시리니
소쩍새 멀리서 울고
어느새 꽃망울 사르르
꽃망울 소리 없이 꽃잎 열리고
그여 이슬비
손 자리 어이할까 망설이는데
봉창 문 그대로 열려 있고
사립문 그대로 열리어 있고
옷고름 저미기 하나 둘 셋

꽹과리 2

가슴에 아이를 안고
오르느니 내리느니
계단 길 헤매다가
얽히고설킨 해방촌 고갯마루
돌길 자갈마당
제대로 된 직업 한번 가지지 못해
내일은 빗이요 가위를 들까
아이의 두려운 눈길
애끓는 속앓이
잃은 길 두리번 묻고 물어
발길 무겁고 어려워 망설이고
개들이 우루루
시궁창 돼지들이 우루루
빌어먹을 가고 가도 그 자리
그나마 다정한 사람들 여기저기
손을 잡아주니
고마운 일 없어진 것 아닌 듯

이러다가 고갯마루 언제 넘을까
날 저물고 빗물 후두둑
언제까지 잃은 길 찾아 헤매랴
짓궂은 밤
돌담 넘어 돌계단 올라
위태롭고 위험한 사다리
이 길 저 길 이게 아닌데
돌다리 힘들게 두드리며
팔 휘늘어진 아이 가슴에 안고
내일은 빗 가위라도 잡아볼까
숨길 계단 길 오르고 내리다가
문득 애달픈 육자배기
문을 여니 슈베르트 죽음과 소녀

어찌 가요

아쟁 아쟁 어찌 가요
날 어찌 살라 하고 어찌 가요
오메 오메 어찌할꼬
아쟁 아쟁 어찌 산 넘어 가요
날 혼자 어찌 살라 하고
호루루루 호루루르
눈물마저 호루루르
더리덩실 더리덩실
어찌 혼자
날 혼자 살라 하고 어찌 가요
어찌 가요
아쟁 아쟁 어찌 가요

나팔꽃

소리 없이 움 돋느니
소리 없이 씨앗 움트나니
조심스런 발걸음 햇볕 쪽으로
햇빛 온몸 에우며 이르느니
옷 벗으라 옷 벗으라
벗은 알몸 드러내며 놀라운
때 맞춰 눈부신 알몸 드러내며
빛나는 영광이요 자랑이라
한 시절 빛나는 영광이요 자랑이라
저물 무렵 해그늘 지날 무렵
안개꽃 떨어지고 해 떨어지고
영광도 자랑도 떨어지나니
한때의 꿈마저 떨어지나니
꿈 잃은 눈물마저 떨어지나니

언덕에 올라

꿈길 꽃길 언덕에 올라
구구구 꾹꾸루 구구구
목청 다듬으며 노래 부른다
바람길 구름길 언덕에 올라
덩더쿵 덩더쿵 삐리릭 삐리
튀는 줄 퉁기며 노래 부른다
검은 목 항아리 뚜껑을 열고
가는 듯 오는 듯 흩어지는
물소리 개울 소리 강바람 소리
씨앗 봄으로 터지는 소리 모은다
얼었던 손 마디마디 흘러 아쉬운
머뭇머뭇 돌아서는 겨울추위
걸음걸음 조금은 느릴지라도
바람도 함께 바람도 함께
이제는 닫힌 문 열리며
봄 소리 봄꽃 피어나리니
꿈길 꽃길 바람길 구름길

가시는 이 오시는 이 언덕에 올라
퉁기는 줄 튀는 줄 목청 고르며
목소리 힘차게 노래 부른다

제비

다시 들으시는가
가슴을 치고 울리는 구슬픈 만돌린
소리 울려 울리는데
술에 취해 가난에 취해
그리도 구슬프게 영혼 속 파고드는
옛 친구의 노랫소리
지금은 어디 어디메쯤 걷고 있을까
설움도 한 번 울음도 한 번
소문소문 슬픈 소문들 전해오고
아름아름 궁금한 하늘 너머 하늘
제비 날개 활짝 펴고 날아오르니
멕시코에서 시드니에서 아프리카의
황량한 모래언덕 모래산
기어서 일어서 달려오며
오늘 네 가슴을 치고 울리는
목메어 구슬픈 만돌린 소리
네 세월 파란만장 노랫소리

한숨 고인 고달픈 노랫소리
오늘 다시 들으시는가
그리워 서러운 못난 친구야

뼉다구야

뼉다구야 뼉다구야 네 뼉다구야
세월 먼지 쌓여 아픈
네 뼉다구야
아름답고 부드러워 부러워하는
자랑하는 살결
세월 때 짙어 말라
어이 말라 비틀려 떨어졌는가
네 아름다움 네 자랑
너무나 아깝고 안타까워라
뼉다구야 뼉다구야 네 뼉다구야
멍든 가슴 쓰리고 아픈
네 뼉다구야

뚜망

조선 말기 프랑스 선교사가
두만강을 뚜망강이라 하였다나 뭐라나
사랑하는 내 아우야
푸르고 자줏빛 흐르는 네 영혼
두만이냐 뚜망이냐 그 어디메 머물러
그리움 아쉬움 눈물 한가슴 안고
홀로 서 있느냐
홀로 외로이 떠돌고 있느냐
두만이냐 뚜망이냐
너를 기다리는 문 열려 있거늘

떠도는 사람아

떠도는 사람아

네 영혼 어느 산천을

헤매고 있는가

산비둘기 날고 산비둘기 울고

걷고 걷는 저 멀리

살아 있음에

다시 보는 얼굴들

반갑게 만날지니

세월 지나는 문턱에 앉아

세월 뛰고 노는도다

바라보며

나중에 아쉬워하지 말 것을

그 모습 그대로

눈 내리는 눈길 걸어서
눈 쌓인 눈밭
눈발 휘날려 눈 내려 쌓인
겹겹이 눈 내려 쌓인
눈길 두터운 눈 그늘 밑으로
그래도 물길 흘러서 물고기 지느러미
날개 편 지느러미 타고
그대 눈길 걷는가 물길 걷는가
시방 흐린 하늘 하늘가 물안개
하늘길 이어지는 하늘길 따라
어디까지 어디메로 이어지는
기다리며 반기는 모닥불 타오르는
그곳 잠시 발길 멈추고 쉬어가는
불꽃 타오르는 그곳
거기까지 길고 먼 길 걸어서
그리움도 잃은 듯이 그 모습 그대로
그대 눈 쌓인 눈길 걸어오시는가
멀고 먼 길 끝 쪽에서 기다리는
겉모습 희미한 눈바람 흩어지는데

사랑을 따라

이 말은 어렵도다, 사랑을 따라
사랑하는 형제여 자매들이여
설령 까마귀 날자 배 떨어진다 한들
어이 서로 탓할쏘냐
봄이 오니 봄바람 불고
봄이 오니 봄꽃들 피어나는 것을

이른 봄

이른 봄 네 눈에 꽃으로

깊은 밤 모차르트 작은 별 앞세워

겨울추위 두꺼운 옷 벗고

들판 지나 돌담 지나 울타리 넘어

달음질 발끝에 일러 있거늘

네 품안 따뜻이 품어 데우는

푸른 봄 푸른 손길 아직은

강변 너머 저 멀리

아직 저 멀리

오, 어머니

이른 아침 하늘에

구름 띠 이어져 늘어서고

하얀 조개껍질 층층이 모여

꿈으로 가득한 조개껍질 마을

맨발로도 들어갈 수 없는

다시 옷깃 추슬러 바라볼 수밖에 없는

빛으로 빛나는 동네

서둘러 짐 꾸려 행상 나서는 어머니

거기 그 마을에 머물러

오늘은 마음 편히 쉬시려니

오, 어머니

내 눈물 걷으시어 이제

구름 띠 구름마을 언덕에

마음 편히 쉬시려니

되돌이표

머무를 수 없어도
울리고 소리 내어 흐르는
그리하여 애달파라
가슴 치는 서러움이 모여 울고
요한 세바스찬 바흐
되돌이표 플루트 협주곡
우리 할아버지 퉁소 소리 흐느끼는
아, 듣는가
머무를 수는 없어도
손 흔드는 그대 모습
눈물 흘러라

세 번째 하늘

하늘 우러러 하늘 바라보라

하늘 위에 하늘 그 위로 하늘

세 번째 하늘, 하늘의 문

누가 참사랑의 문을 열 수 있을까

구름 흐르고 구름 위로 구름 흐르고

하늘새 하늘깃 하늘 나르고

하늘 서로 부르며 서글픈 하늘가

어느 때 하늘문 열어

볼 수 있을까

화려하고 장엄하고 아름다운 것들

언제나

나는 언제나 어디서나

어떤 그 여인을 사랑하느니

여인은 아는가 모르는가

오, 멕시코의 아름다운 인디오

처녀야

네 맑은 눈빛 어둠 별 빛나는 별처럼

새벽안개 물길 흐르듯

하늘 나는 제비 날개 날갯짓

네 밝은 아침 아침 깨우는

그리워 그리는 그리움

망설이고 놀라는 새벽 모서리

가장자리 에우며 머무는데

네 푸른 꿈 눈길 위에 머무는데

작은 분홍 꽃

아주 작은 분홍 꽃 서너 송이
손을 펴 만질 수도 없이
햇볕 한번 찾아오지 않는 그늘에
주위에 키 큰 나무 나뭇잎들
종소리 귓가에 크게 울리고
높은 산 높은 하늘마냥 펼쳐져
바람 뼈마디 흔들지라도
네 모양 네 모습 그대로
분홍색 분홍빛 분홍 얼굴 다듬으니
숨어서 피어나는 아름다운
놀랍고 놀라워라

푸른 소식

오늘 과테말라에서
아침 푸른 소식 기쁨 왔나니
멕시코의 국경지역 지방 변두리
고대하고 그리며 기다리는 소식
여인아 네 모습 청초하고 아름다워라
어느 때나 언제나 있는 그대로
여기저기 산바람 산새 울고
마른 나뭇가지 모아 불꽃 지피고
피어오르는 하얀 연기 한 묶음 묶어
정성스레 담고 담아 보내는 그릇
기다림도 묶어서
그리움도 묶어서
수줍음도 묶어서
오늘 과테말라에서 문 두드리는 소식
여인아
네 모습 들풀 들꽃처럼
어여쁘고 아름다워라

기다리며 1

봄소식 봄 꽃망울 어느 때

터져오려나

산에는 산이면 산마다

들에는 들녘 너머 들판마다

봄 색깔 물든 봄소식 피어오르는데

황톳빛 황하강 건너오는

춘메이였는가

과테말라 뻐꾸기 노래 전하는

버질리아였는가

둑길 달빛 거닐던 미자였던가

개꿈 같은 개꿈 부르는 가슴 차가운

차가워 시린 두 손 비비며

아직도 기다리며 기다리는데

기다리면 1

소쩍새 울던가
뻐꾸기 울던가
늦은 가을비
마른 잎 마른 손에 내리고
구름 흩어진 자리
바람 이슬방울 울리어
이른 새벽 깨우니
어느 날 눈을 뜨면
이른 비 봄비 마음 적시듯
다시 돌아오시리라

빛나는

아침 햇빛 유리창 빛나는

꽃잎 이슬 빛나는

풀잎 초록 빛나는

푸른 하늘 푸르게 빛나는

바람 나무 잎 흔들려 빛나는

나뭇잎 봄빛 빛나는

버질리아 눈빛 아침 빛나는

아, 빛나고 빛나는

제2부

나를 잊지 마세요

나를 잊지 마세요

— 미자에게

눈 감으면 생각나듯

잠들면 어이 말을 할까

꿈 날개 활짝 펴고

달빛 그늘 거닐던

네 맑은 얼굴 밝은 웃음

강 건너 숨은 마을

사립문 넘나들며

가만가만 기웃거려

발걸음 살짝살짝

네 모습 서러운

기별도 없이 소식도 없이

꿈 날개 머무는 곳

눈물 한 짐 지고 가듯

울음 한 짐 이고 가듯

얼굴 돌려 눈빛 돌려

숨어 숨어 기웃기웃

눈 감으면 생각나듯

잠이 들면

어이 말을 다 하리오

마음 열어 못다 한 말

하얀 손수건 건네주며

나를 잊지 마세요

해바라기

바라서 바라며 바라기
따라서 따라가며 따르기
보아서 보이는 듯 바라보기
네 눈길 머무는 곳
춘메이 있더냐
버질리아 있더냐
미자 기다리며 서 있더냐
해바라기
사랑 널브러지고 사랑 널브러지니
사랑의 얼굴
기다리다 눈물 흐르니
애달프고 서러운 얼굴

세상 참 난리법석

산불 나자 홍수 나고
비행기 뜨자 배 가라앉고
꽹과리 울리자 북 깨어지고
웃고 있자 울고 있고
결혼식하자 장례식하고
결혼하자 이혼하고
기쁨 오자 슬픔 오고
만나자 헤어지고
버질리아 오자 춘메이 떠나고
하품하자 개꿈 오고
개꿈이로소이다 하니
알몸이로소이다 하고
하, 세상 참 난리법석
오고가고 만나고 헤어지고
까마귀 날자 배 떨어지고

개꿈이로소이다

— 죽으면 죽으리라

한평생 잘못 무엇이길래
그리도 조급하게 서두르며
한밤 깊은 밤 거센 바람
잠든 꿈 창문 흔들며
소리소리 큰 망치 소리
가슴 깊이 내리치니
네 잘못 한때 실수라면
피 한 방울 모두 모아
죽으면 죽으리라 하여
네 슬픈 눈빛 그늘 밑으로
가진 것 모두 바쳐
가진 것 모두 바쳐
사랑하리라 하였거늘
죄라면 죄로 받고
벌이라면 벌로 받을진대
꿈 바람 모진 바람
창문 부수고 자물쇠 끊어내니

두렵다 어이 말을 할까마는

어둠 깊고 깊은 어둠

꿈길 잃은 벗은 영혼

잘못이라 잘못이면

하늘마저 걷어지고

눈물길 떠나가리라

울음길 떠나가리라

버질리아

아침 눈을 뜨면
하늘 맑은가
구름 걷혔는가
옛적 하늘 그대로
옛적 구름 그대로
뻐꾸기 아침 울어
뻐꾸기 울음 날개 실어
먼 소식 물으니
우물 샘 두레박 당겨 올려
목마른 물 길어 올려
아침인들 저녁인들
날개 실어 물 길어
들었는가 먼 소식
사랑한다 하여
사랑한다 하여
물길 퍼 올리는 먼 소식
들었는가 버질리아

옛적 하늘 힘겨운

옛적 구름 힘겨운

버질리아여

비둘기

비둘기 한 마리 날아와
옥상 난간에 걸터앉나니
날개 햇빛 무지갯빛 빛나고
바람 산들바람 바람 불어
벚꽃 꽃잎 꽃봉 터지는 소리
꽃잎 꽃봉 터지는 소리
잠든 종소리 잠에서 깨어나고
종소리 울리며 비둘기 날고

비둘기 1

비둘기 산비둘기
너울너울 날아서 하늘 끝으로
울음 울어 하늘 끝
날개 빛 무지갯빛
하늘 울려 떨어지니
숨어서 기다리는 그리움
기다리며 숨어 있는 그리움
갈 길 잃어 망설이듯
그저 외롭고 쓸쓸하여라

네 영혼의 닻

네 얼굴에 빛나는 아름다움은
어디에서 오는가
아침 햇빛 빛나는
아침 비둘기 날개 빛나는
아침 하늘 푸르게 빛나는
한 송이 작은 분홍 꽃처럼
한 송이 모란꽃처럼
한 송이 장미꽃처럼
넓은 초록의 들판에서
초록의 우거진 숲속에서
네 영혼의 닻을 내린
네 얼굴에 빛나는 아름다움은
어디에서 오는가
아, 버질리아의 아름다운 얼굴
놀랍고 놀라워라

내 사랑은

적은 듯이 많은 듯이
많은 듯이 적은 듯이
아시려나 오시려나
혹시 다시 오시려는가
앞산만 바라보며
먼 산만 바라보며
먼 길 산 너머 산길 바라보며
내 사랑은 그렇게
있는 그 자리 있는 그대로
먼 길 먼 산 바라보며
언제나 그렇게 있는 그 자리에

바람의 꽃

바람 거세게 불어

꽃줄기 꺾어지니

꽃줄기 꽃잎 떨어지고

꽃잎 꽃처럼 아름다운 모습

그림자 그늘 바람 타고

바람 되어 사라질지니

꽃이여 바람이여 바람의 꽃이여

바람 되어 바람 타고 사라질지니

꽃처럼 꽃잎처럼

바람 되어 사라지는

바람의 꽃이여 바람꽃이여

춤추어라

춤추어라 아리아리
발꿈치 끝 어리어리 세우고
머리카락 만발하여 흐트러져
넘어질까 자빠질까
위태위태할지라도
허리띠 풀어 제치고
옷고름 풀어 제치고
발가락 깨어질까
위태위태할지라도
세상 돌고 돌아가는 끝자리
땅끝 돌고 달끝 돌고 별끝 돌고
개꿈 꾸어 꿈도 돌고
개꿈이로소이다 하는 것을
산 사람 살아 돌고
죽은 사람 귀신 불러
무당 불러 무당 뛰는 무당춤
춤추어라 춤추어라
살았을 제 발끝 굴러
뛰어 뛰어 춤추어라

헤어진 손

너를 부르는 소리 들려
가끔씩은 사랑 잡은 손 놓으니
헤어진 손 허둥거려
마냥 발걸음 비틀거리고
때로 사랑 혼자 나가니
기다리며 불안한 마음
어이 사랑 너 혼자 떠나
깊은 밤 홀로 외로이
헤어진 손
망설이며 기다리게 하는가
정신 헷갈리게
불안하여 애달프게 하는가

사랑은 어떻게

사랑은 어떻게 찾아오는가
아침 눈 뜨는 새벽안개처럼
새벽안개 흐르는 물소리처럼
비둘기 아침 날아오르는 무지갯빛 날개처럼
마른 가슴 적시는 비처럼 눈물처럼
종소리 울리는 푸른 꿈처럼
풀잎 맺힌 영롱한 이슬처럼
푸른 싹 돋아나는 봄빛처럼
그대 입술에 흔들리는 진분홍 꽃처럼
나뭇가지 뻗어나는 커다란 하늘처럼
목마른 목 축이는 달디 단 술처럼
아, 버질리아 그대는 아는가
사랑은 어떻게 찾아오는가
눈물처럼 꽃처럼
금빛 화살 맞아 눈먼 독사처럼

사랑하는 마음은

낮이면 낮마다
밤이면 밤마다
날마다 다시 날마다
강가에 서서
바닷가에 서서
기다리며 바라보는 눈길
멈출 수 없어
사랑하는 마음은
바람 타고 오는가
물결 타고 오는가
오, 버질리아
우리 서로서로
때를 달리 땅을 달리
살고 있을지라도
물길 깊어 더욱 깊어
어이할까
이 어이할까

물길 깊이 흐르는 물
물길 따라 흐르는 사랑
어이 돌려보낼거나
어이 돌려보낼거나

무엇이기에

위대한 것들 무엇이라 하는가
누구는 삶이라 하고
누구는 기적이라 하는데
무엇 때문에 무엇이기에
하늘은 그저 하늘로 흐르고
구름은 그저 하늘에 떠 있고
귓가에 바람 물소리로 출렁이고
귓가에 바람 천 리 길 물어 가고
계곡마다 노을 물드니
바람 웅성거려 구름 해 지는 쪽으로
산그늘 깊어 그림자 깊어
헤매는 산 메아리
머뭇머뭇 산울림 들었는가
발걸음 무거워 발걸음 힘겨워
차마 모차르트 울고 넘는 고갯길
무엇을 보았는가 무엇이라 하는가
누구는 위대한 것들 삶이라 하고

누구는 기적이라 하더라만

그대 발걸음 자국마다 떨어지는

가슴속 때리는 눈물

피울음 울며 넘는 고갯마루

보았는가 들었는가

얼굴 무서운 베토벤이라 하던가

깊은 밤 울음 우는 반 고흐라 하던가

무엇 때문에 무엇이기에

위대한 것들 무엇이라 하는가

사랑 등불

꿈속에서
꿈처럼 어지러운 세상에서
길 잃어 헤매나니
가는 길 일곱 갈래 일곱 길
굽이굽이 열두 굽이
푸른 하늘 푸른 끝
깜박이는 초록빛 부여잡고
갈 길 몰라 망설이는데
어이 누구 부르는가
어깨 너머 부르는 소리
사랑 등불 밝힌 반가운 소리
거룻배 출발 지름길
눈길 메우는 알림 그림표
눈물겹게 눈물겹도록
어지러운 세상길 알려주는가
꿈길 잠긴 자물쇠 풀어주는가

우리는

비 오시는 날

강물 강가에 넘치는 날

검은 구름 짙은 하늘가에서

목소리 멀리 저 멀리 서서

우리는 어디에서 왔을까

버질리아 물으니

놀라고 가슴 저리어

당황하고 알기 어려워

대답하느니 아마

강 건너 사랑마을 사랑집에서

사랑으로 왔으리라

사랑으로 왔으리라

한 송이 장미꽃을

아무렴 아무리 아름답다 할지라도
딱따구리 뻐꾸기 산비둘기
울고 웃는 목소리 모르고서야
무슨 말 하리오 아무렴
아무리 대단한 음악이라 할지라도
모차르트 베토벤 내세울지라도
바람 머문 산골 물소리 모르고서야
감히 어찌 손 내밀 수 있으리오
유식한들 무식한들
도무지 사람 손 거쳐서 만든 것들
아무리 잘난 얼굴 내밀지라도
한 송이 장미꽃을 어찌 꽃 피우리오

다시 사랑은

리 차이 어서 와요

이른 아침 새벽시간

아름다운 버질리아 나를 부른다

나무가 많은 땅

나무들 줄줄이 우거진 숲

숲속 노래 새 노래

여기저기 얼굴 내민 작은 꽃

꽃상 밥상 차려

푸짐한 밥상 차려

리 차이 어서 와요

이른 아침 꼭두새벽

아름다운 버질리아 나를 부른다

개꿈

꿈속에서

개꿈 같은 개꿈 속에서

어디로 떠돌며 헤매었는가

술에 잔뜩 취해 발걸음 비틀거리며

옷 벗어 던지며

사람들 지나가며 물끄러미 바라보니

어디일까, 기억의 초점 흐려져 알지 못하나

아, 거기 그곳

한적한 시골 기차역

기차 세월 싣고 빠르게 달려가고

사랑하는 친구들 기차 타고

말없이 사라져가고

귓가에 스쳐가는 헤어지는 소리들

처음부터 방랑자로 출발하였느니

다시 눈길 머물지 못하고

깊은 물 꿈속으로 빠져가노라

어린 왕자 1

평화를 깨뜨리려 하도다

어린 왕자 다른 별로 옮겨가니

하늘에 열린 문 열리고

하늘에 우렛소리 울리고

하얀 말 검은 말 튀어나오고

이름 알 수 없는 용사들

큰 칼 손에 든 칼 휘두르고

큰 소리 울림들 쏟아지니

산과 바다에 화살 날고

화살은 어디에서 날아오는가

어린 왕자 2

세상 시끄럽고
놀랄 일 많다 할지라도
초원에서나 사막에서나
어린 왕자 어린이들 함께 놀거늘
사막 걷는 순한 낙타
어이 헛발질 뒷발질
깜짝 발길질 걷어차는가

어린 왕자 3

나팔꽃 피었느냐
하늘에 나팔 소리 울리더냐
어린 왕자 지구별 떠나가니
물총새 물 따라 울고
천둥번개 우렛소리 울리고
하늘 흩어지고 땅 꺼지고
바다 깊이 가라앉고
까마귀 날갯죽지 떨어지고
앞길 캄캄하여 나무들 불사르고
어둠 별 핏물 흘리며 떨어지고
보아도 볼 수 없으니
보거나 듣거나 얻지 못하니
이곳저곳 안타까운 부르짖음
어린 시절 만화 같은 이야기
즐겨 보던 재미있는 만화
마침내 버질리아 웃음 소식 들으니
아직은 가슴속 초록 숲 우거지고
아직은 세상 얼굴 초록빛 빛나고

어린 왕자 4

지구별 시끄럽고 요란하다 하여
소식통 뚜껑 열어보니
아마겟돈이라 하는 곳
왕들의 싸움
파리들 모기들 와글와글
성들이 무너지고 산들이 무너지고
사람들 벌거벗고 도망치고
지진 일어나고 큰 지진 일어나고
보라 재앙이로다
멀고 먼 별 어린 왕자 보건대는
파리들 뒤통수 힘껏 맞아 쓰러지고
잠시 정신 잃고 다시 날아가느니
알 수 없어 이상하고 신기한 일
왜 그런지
도무지 신기한 일이로다

어린 왕자 5

하늘에 허다한 무리의 큰 음성
할렐루야
피로 물든 연기 피어오르고
여기 이곳에 맑은 물소리
물소리 실어 혼인 잔치 준비하니
형제들을 부르라
하객들을 청하라
하늘의 군대 백마를 타고
갖가지 고기 왕관 들고 싣고 나르니
어이 이 아닌가 하거늘
어린 왕자 머리 작아 왕관 크고
전쟁 치러 이긴 혼인 잔치
혼란하고 어수선하고 어리둥절하니
뛰어봐야 제 섬 안이요
뛰어봐야 제 울타리 안인 것을
지구별 너무 소란하고 소란하니
문밖에 나는 새 날개 타고
다른 별로 다른 별로

어린 왕자 6

네 손에 쇠사슬 풀 열쇠 가졌는가
천년을 산다 한들
천년을 왕 노릇 한다 한들
영원을 흐르는 세월 어찌 나누며
소멸하고 소멸하는 것들
어린 왕자 이미 떠나갔으니
바다 거품 일어 파도 거세고
사람마다 높은 산으로 피하라 하나
물못은 무엇이며
불못은 무엇인가
꿈 열매 깨어지니 헛것이로다

나그네 길

비 내리는 밤
잠들어 꾸는 꿈 비에 젖어
꿈속에 꿈마저 비 내리고
비 내리어 외롭고 서러운
처량한 거리
긴 세월 그리던 여인
빈손 흔들며 돌아서 가고
눈가에 넘치는 어둠
비에 젖어 꿈길 헤매니
가슴속 까닭 없이 치미는 설움
꿈마저 깨어져 흩어지고
눈물마저 떨어져 흩어지고
외롭고 서러운 꿈같은 세월
처량한 거리 처량한 가로등
가로등 불빛마냥 처량하여
끝도 없이 끝없는 나그네 길
힘겨운 어둠 산 넘어가고
어린 시절 다정한 친구들
기별도 없이 떠나가고

따지고 보면

따지고 보면 베토벤이나 모차르트나

귀 기울여 자세히

듣고 들으면 별반 다를 것 없듯이

기차 바퀴 구르고 바람 불고

새 울음 울고 울리는 소리

이 소리 저 소리 그 소리

사람 사는 세상 별반 다를 것 없듯이

따지고 보면 베토벤이나 모차르트나

세상 흘러가는 모든 것들

이 모양 저 모양으로 흘러가듯

제3부

강가에서

어린 왕자 7

이제 새 하늘과 새 땅 열리니
처음 것들이 다 지나갔으면 이러라
만물을 새롭게 하노라 하였으나
생명수 샘물 어디에 넘치고
어디에 목마른 자 없어졌는가
술 한 잔 마시고 나니 하, 죄인이로라
불과 유황으로 태워 죽인다 하니
무섭고 두려워라
어린 왕자 어느 별 보이지 않으니
이만이천 스다디온이라나 뭐라나
천사의 금 갈대는 또 무엇이냐
우리들 지구별 떠날 수 없으니
어떠한들 다 믿음이요
소망이요 사랑이라 하리로다

어린 왕자 8

생명수의 강 수정같이 흐르고
강가에 생명나무 열매 열리고
나무 잎사귀들 활짝 피리라 하나
어린 왕자 지구별 두리번거리거늘
이 땅 어디메 넘치는 강 없으며
과일나무 없는 곳 없으며
산과 강 없는 곳 있더냐
땅마다 하늘마다 새벽이면
광명한 새벽별 빛나고
강에서 개울에서 실개천에서
마실 물 맑은 물 생명수 흐르고
산천에 물 흐르고 흐르는 것을

슈베르트의 밤과 꿈

밤에 꿈길에서 오고가며
슈베르트 만난다면 서로 서러운
어두운 선율 타고 희미한
눈물 고인 손 마주 잡고
울음 울어 가슴 터지도록
어이 한 맺힌 설움 다 울리오마는
그래도 한 번쯤은 그토록
슈베르트의 밤과 꿈 그 길에서
한 맺힌 설움 다 울 수 있으려나
목메이게 눈물 다 쏟아부어
강물 위로 강물 되어
흐를 수 있으려나

지난 세월

지난 세월

장미꽃 시들어 떨어지고

금시계 도둑처럼 사라지고

사랑 눈길 돌려 떠나가고

아슬아슬 굽이굽이 어둠 산

땀 흘려 힘들게 헤쳐 나왔으니

아쉬운 듯 조금은 안심이라 하나

보이느니, 첩첩산중 구름 떼

바람 거친 파도 치는 바다

물결 거품 일렁이는 바다

눈부시게

하늘 우러러 하늘을 보니
하늘 푸르게 푸르게 빛나고
이른 아침 아침 빛나고
나무 숲 초록 초록 빛나고
나뭇잎 빛나고
꽃잎 빛나고
나는 벌 나비 날개 빛나고
열린 창문 유리창 빛나고
눈부시게 눈부시게
햇빛 햇빛 속으로 햇빛 빛나고

강가에서

강가에서 강물에
종이배 접어 띄우듯이
네 젊은 세월 띄워 보내느니
저리는 손 마디마다 아프고
발걸음 한 발짝도 서러운
허망한 꿈들 접어
꽃등도 아닌 것을
세월 소중함 알지 못하여
금 같은 시간 다듬을 줄 몰라
애달프고 서러운 눈물
강가에서 강물에
네 젊음 눈물로 띄워 보내느니
구겨진 종이 한 장 접어
종이배 띄우듯이

슈베르트

아침 창문 열면
초록 푸른 맑고 밝은
햇빛 쏟아져 들어오고
밤새 울며 따라오는
슈베르트 피아노 소나타 B 마이너
안단테 아다지오
네가 왜 그러는지 몰라
네가 울면 문밖 바람도 울고
지나가는 것들 잊어버릴 것은
잊어버리는 것이 좋아
눈부신 햇빛 쏟아지고
밝은 햇빛 눈부시게 쏟아지니

반 고흐

반 고흐 만나러 가는 길에

소문 듣자 하니

스스로 자살하여 이미 죽었다 하니

아뿔싸, 불찰이로다

죽은 자 어찌 만날 수 있으리오

발걸음 돌리려 하니

한숨 막히고 눈물 나는구나

비 오기 전에

비 오기 전에
하늘은 짙은 회색빛이다
땅도 짙은 회색빛이다
바다도 짙은 회색빛이다
떼 지어 하늘가를 날아가는
갈매기마저 짙은 회색빛이다
세상이 온통 회색빛이다
비 오기 전에

무엇일까

폭포수 물줄기 눈 안에 하얀

까닭은 무엇일까

물줄기 부딪히는 바위틈

검은 까닭은 무엇일까

여름 빈 하늘에 햇무리 달무리

무더운 까닭은 무엇일까

바람 여울도 없이

사라지는 까닭은 무엇일까

숨 쉬는 모든 꽃들의 향기

쇠잔하는 까닭은 무엇일까

생명의 심지 돋우는데

저승 그늘 펴는 까닭은 무엇일까

물빛 네온사인

비 내리는 어둠 속에
네온 불빛 출렁이며 흐른다
흐르는 불빛이
물결 되어 출렁인다
어둠 밤 깊은 수풀을 돌아
적막하고 외롭고 쓸쓸한 이름들이
서로 젖은 손목을 잡고 흐느적거린다
병이로다
아픔을 안고 가로등 줄지어 서고
가로등 황색 빛이 물줄기 되어
쏟아진다
아쉬움과 서러움이
어둠의 눈을 슬프게 한다
어둠 속 빗줄기 속에
물빛 네온사인 출렁인다
물빛을 타고 불빛 네온이 흐른다

안단테 칸타빌레 1

꿈이려니 꿈이었으리
밀밭 곁으로 개울 흐르고
종달새 보리밭에 둥지
하늘에 종달새 울고
하늘가에 날아오르니
산마을 나무마다
어린 꿈들 일어서고
꽃봉 꽃잎 터지고
사립문 밖 봄빛 달려오니
봄꽃 봄빛 봄날 빛나고
아, 언제나
봄날이리라 하였던 것을

안단테 칸타빌레 2

풀잎 저무는 저녁

봄빛 달빛 흐르는 강가에서

베토벤의 월광 소나타

엘리제를 위하여

쇼팽의 빗방울 전주곡

모차르트 클라리넷 협주곡

강기슭에 슬픔 머무는

슈베르트 죽음과 소녀

슈만의 꿈

꿈길 너머 언덕 너머

보리밭에 종달새 둥지

종달새 나는 하늘 끝으로

시골 개울물 낮은 물소리

물소리 흐르는 전원교향곡

나무들 나무 숲속 옹달샘

꽃잎 열리는

안단테 칸타빌레

안단테 칸타빌레 3

변두리 시골집
문 열린 넓은 마당
아침마다 하늘 밝아오는 때
벼슬 세운 닭 무리 개 한 마리
닭 울고 개 짖으니
이어서 까마귀 날아오르고
까치 떼 무리지어 날개 펴고
비둘기 산비둘기
너를 부르니
나무 잎새 흔들리고 흔들리고
구름 산 위로 피어오르니
이윽고 나팔꽃 깨어나며
나팔 불어 작은 정원
작은 꽃들의 합창
천천히 노래하듯이

어린 왕자 9

무슨 소식 없는가?
하얀 구름 여기저기 떠 있고
지구별 소란한데
까짓 별일 있으려나

사랑 소식 없으니
네가 얼마나 비참한가

육자배기 1

눈물 나고 눈물 나지만
어깨 닿는 네 손짓 아니고
고개고개 넘어가는 네 소리
모진 세월 한 맺힌 설움
속살앓이 아프고 아픈
고개고개 넘어가는 네 소리

까닭 없이

버질리아
마른하늘에 벼락 치듯
어둠 밤 뻐꾸기 울듯
까닭 없이 마음 서글퍼
서러워질 때면
어찌하랴 꿈마저 문 닫히고
검은 구름 거친 바람
문풍지 때리고 울면
어이 그냥 떠내려가리오
손 쳐들어 나뭇가지 꺾어내듯
풀뿌리 뜯어내듯 몸 추슬러
모차르트 불러보자
모차르트 플루트 협주곡 2번
너를 위해 사랑 부르듯
잠시 머물러 멈추어
발걸음 멈추고 힘껏
다시금 모차르트 불러보자

숨어서 피는 꽃

깊은 산골 수풀 속에

짙은 그늘 속에

바람 구름 머무는 일 없이

하늘 별빛 보이는 일 없이

숨어서 피어나는 꽃들

하얀 모습 하얗게

꽃송이 다발다발 어우러져

기다리고 기다리는

어느 날 숲길 지나는 길손

눈길 한번 주시려나

그래도 그냥 그대로

홀로 아름다움 활짝 피었거늘

해 지는 쪽으로

가자 우리 모두 가자
발걸음 모아 두 손 잡고
해 지는 쪽으로
베토벤도 함께
모차르트도 함께
슈베르트도 함께
슬픔도 남겨두고
서러움도 남겨두고
눈물도 남겨두고
어차피 가야 할 길이라면
좀 더 힘차게
가슴 펴고 가자
가다보면 마침내
도착하는 그곳
해 지지 않는 곳
해 뜨고 해 지지 않는 곳
우리 모두 도착할지니

가자 우리 모두 가자
발걸음 모아 두 손 잡고
해 지는 쪽으로

왜 그랬을까

그때 젊은 청년의 때
어머니 따라 서울 갔을 때
풍채 좋고 인물 좋은 어머니였거늘
나이 많은 어머니
함께 걷는 길 창피한 듯하여
발걸음 앞세워 앞서서 가고
돈이 드는 것도 아닌 것을
힘이 드는 것도 아닌 것을
하루 종일 기분 나쁜 듯
불쾌하고 짜증나는 듯
왜 그랬을까
한 번만 단 한 번만
웃는 얼굴 웃음 보여줄 것을
웃음 한번 웃지 못한 어리석음
한평생 짐이 되고 후회되고
눈물 될 줄을 어이 생각했으리오
왜 그랬을까

오늘 한 맺힌 후회 짐 무겁고

생각하면 언제나

눈물 흐르는 것을

아침 푸른 길

이른 아침 귓가에 울리는

소리 들려 잠에서 깨어나느니

창문 두드리는

산비둘기 구구구

뻐꾸기 뻐꾹 뻐꾹

하루 길 일러 깨우는 소리

밝고 맑은

아침 푸른 길 열리는

모차르트

플루트 4중주 C 메이저

알지 못하여

사랑하는 그 무슨 까닭
알지 못하여
사랑이란 무엇일까
사랑 찾아 떠나느니
지난 세월 술에 취해
약에 취해 비틀거리다가
계절마다 닫힌 문 두드리다가
좀 더 억센 손길
좀 더 뜨거운 가슴
노래 부르던 시인처럼
뜬구름 메아리 따라가다가
사랑하는 그 무슨 까닭
알지 못하여
사랑 찾아 떠나가느니
빈 하늘 맴돌아 에우는
사랑 얼굴 어이 알아볼까나

비 오는 날

비 오는 날 바람에
꽃잎 떨어지고 풀잎 흔들리고
사랑하는 사람들 서둘러 떠나가니
세상 모든 것들
바람 속에 바람으로 사라져
흘러가고 흘러서 흐르니
울리고 소리 나고 서러워라
들으려니 보거니 말하느니
바람이요 소리요 강물이라
강물 따라 떠내려가니
네 가진 것 하나 없이 떠나가니
아쉬워 서러워 눈물 어리어
어디서나 비 내리고 바람 불고
어디서나 너를 부르는 소리들

슬픔

떠나는 모든 것들

마음 전할 수 없어

무슨 말 어떻게

말을 다 하리오

보이는 모든 세상 모두

슬프게 또 슬프게

티베트 산마루 바람 불듯이

영혼 찢어진 깃발 펄럭이듯이

떠나는 길 어디인가

보내느니 손 치켜들어 손 흔드나니

고개 너머 사라지며 흔드는 손짓

검은 날개 까마귀 사라지나니

어이 가슴 문 열어 보이려나

가슴 차오르는 눈물

흐르고 흐르는 눈물이거늘

어린 왕자 10

그대는 왜 말하지 않는가

언제 어느 별에서

어이 이 작은 나라에

산 높고 물 맑아 순박한

담장 낮게 쌓아 올려

아침에 저녁에 별빛 그늘

서로서로 어울려 얼굴 맞보고

웃음도 같이 울음도 같이

어느 친구 떠나며 하는 말

숲처럼 나무처럼

어울려 손잡고 사는 나라

어이 이 작은 나라 기웃거리며

웃지도 울지도 아니하고

그대도 왜 말하지 않는가

어린 왕자 하는 말

예라고 하든가 아니라 하든가

제4부

그대에게 꽃을

버질리아 1

새벽별 반짝이듯
아침 빛 깨우듯
물길 잔잔히 흐르듯
네 얼굴에 어린 미소
깊이 알 수 없는 웃음
어디에서 오는가
슬픔마저 걷어내고
검은 구름 걷어내고
바라보다가
가슴에 옹달샘 솟아나고
살며시 졸음 다가와
잠길 꿈길 부르듯
마음 설레고
산들바람 불어
발걸음 가볍게 멈추고
가슴 울리는 소리
기쁨 거기에 멈추고

기쁨 거기에 머물고

버질리아

너는 정말 천사 같구나

문밖에 서서

네 사랑 변함없이

네 정성 변함없이

문밖에 서서

기다리거늘

하늘 떠가는 무심한 구름

기별도 없이 소식도 없이

흘러서 흐르고 흘러

저녁 어둠 내리고

어둠 눈 가려 세상 어두운데

밤에도 불 꺼지지 않고

밤에도 불 끄지 않고

네 창문 언제나 열려 있으니

비 내리고 눈 내리고

뼈마디 저리는 서러움

서러움마저 문밖에

문밖에 서서 기다리거늘

귓가에

귓가에 윙윙거리는
봄 여름 가을 겨울
한사코 윙윙거리는
소리들 무슨 뜻일까
꽃 피고 꽃 지고
세월 오고가고
사랑도 떠나가고
친구도 떠나가고
산비둘기 울고
뻐꾸기 울고
뜬구름 그저 흘러가는데
몸부림치고 몸서리나고
또한 답답하여
오늘도 귓가에 울리는
울리는 소리 무슨 뜻일까

지나고 나면

즐거움도 괴로움도 지나고 나면

지나간 것들

보이지 않는 것들

아쉬워 그리워지고

창밖 어둠 깜빡이는 등대

언제나 홀로이지만

비바람 물결 타고 길 알리니

차라리 지나간 것들

눈물일까 울음일까

오늘 해 지는 어스름

정신병원 4동 7호실

네 영혼 맴돌고 헤매어

슈베르트 부르는가

귀 잘린 반 고흐 부르는가

새벽에

새벽 희미하게
새벽 깨우는 선율
바흐의 첼로 협주곡
지난날 사랑하지도 않고
오랜 날 그리워하지도 않았는데
유난히 첼로 곡 좋아하던
오, 순남이 이름마저 오순남
젊어 지적이고 아름다운 얼굴
보라색 투피스 눈부시게 빛나는
비 오는 날 불국사 입구
젊음 함께 거닐던
오늘 첼로 선율 타고 찾아와
옥상 정원 기웃거리며
가슴속 옥상 정원 문 두드리며
반가운 얼굴 보여주는가
지난 젊음 눈물 나게 반가운
네 얼굴 다시 찾아오는가

저녁에

저녁에 날 저무는 무렵
막막하여 먼 하늘
어스름 지는 하늘
산그늘 나무 숲
어둠 내리는 나무 숲속
까마귀 돌아와 울고
바람 떠나며 울고
귓가에 가슴에 눈 안에
떠나는 것들 아쉬워
가고 오고 머뭇거리고
어둠 내리어 머물고
슬픔 찾아와 머물고
밝은 빛 하루 떠나가니
막막하여 먼 하늘
떠나가며 서러운 소리들

음악이 무엇이냐

음악이 무엇이냐 하니
두드리고 치고 때리고
불고 켜고 부딪치고
울리는 소리이거늘
대장장이 불꽃 두드리고
나무꾼 나무 꺾어내고
무두장이 무두질 비벼대고
북 치고 장구 치고 꽹과리 울리거늘
베토벤, 모차르트, 슈베르트
사람들 어이 따져 가르는가
이런들 저런들 이러니저러니
소리 울리는 것 마찬가지
카나리아 뻐꾸기 방울새
방울방울 소리 모아
울리는 아름다운 소리
소리들 울려서 함께 듣거늘

다시 초록빛

나뭇잎 풀잎 꽃잎
거센 비바람에
한순간에
떨어지고 꺾이고 넘어지니
네 아름다운 모습
어이 어디로 사라지는가
사랑도 한때
자랑도 한때
세월 흐르고 물길 흐르고
비바람 흩어져 사라지고
오늘 날 밝아
해 뜨고 푸른 하늘
다시 초록빛 먼 산
산들바람 산들산들
들녘에 산들바람
다시 바람 불어오는데

젊어서

지난 세월 젊어서

앞걸음 뒷걸음 살피지 못해

기적 소리 울리며 다다르는

뱃고동 울려 떠나가는

여기저기 기웃거리다가

선술집 창가에 내리는 비

긴 밤을 술 마시고 술에 취해

가는 세월 그림자

그늘 모서리 비틀거리다가

마른 몸 뼈마디 부서지고

핏자국 피멍 빈손에 떨어지고

아, 꿈이런가 하였도다

하늘 바라보니

겨울 걷어내고
봄마저 걷어내고
빨래 씻어 빨래 널고
의자에 걸터앉아
먼 산 초록 보려 하나
널린 빨래 눈 가려
하늘 바라보니
말로써 말로 다 그리리오
하늘 깊고 깊은 바다처럼
흰 구름 거품 일렁이고
비바람에 쓰러졌던
풀잎 풀줄기 다시 일어서
화단에 화분에 초록빛
햇빛 초록 틈 사이에 빛나고
슈베르트 아베마리아 들리니
강으로 물길로 흐르는 풍경
언제나 여기에 평화로다

쫓기는 꿈에서

깨어나면 식은땀
쫓기는 꿈에서
시작은 여유롭게 평화롭게
처음처럼 풍금 소리 옛날처럼
그러다가 웬일일까 사람들
짐승같이 멱살 잡고 싸우고
여자든 남자든 난장판 춤판
춤추고 술 먹고 한 무리 깡패
죽이려나 살리려나
날 맑고 해 밝은 언덕에
이리 떼 호랑이 사자
도무지 벗어날 수 없는
쫓기고 쫓기는 꿈에서
깨어나면 식은땀 젖어
다행하게 누운 자리 네 집
슈만의 꿈 들리어 깨어나느니
슈만의 꿈 가슴에 흐르나니

석양에 홀로

그대 석양에 홀로

노을 내리는 언덕에 서서

얼굴 노을빛 물들어

바람에 옷깃 날리며

그늘 짙은 그림자

그림자 가만히 걷어내어

외로이 쓸쓸히 떠나려 하는가

맑은 눈 밝은 웃음

깊고 깊은 눈동자 눈길

어이 찾아 헤매라고

불국사도 뒤에 두고

석남사도 뒤에 두고

노을 그늘 짙은 먼 길

그대 석양에 홀로

노을 내리는 언덕에 서서

외로이 쓸쓸히 떠나려 하는가

기다리면

날마다 날이면
새벽 깨어나 풀잎 일어서고
산골 골 깊은 골짜기마다
낮은 물소리
흐르고 흐르는 물소리 들으며
먼 멀고 먼 하늘 구름 바라보며
금방울 은방울
방울새 창가에 날아와
숲속 숨은 이야기
무슨 기별 소식 있는가
날마다 날이면 밤에도
어스름 어둠 어둠 속
어둠별 바라보며
언제나 기다리는 어느 날
창문 두드리는 봄날 봄비
겨울밤 쌓이는 함박눈
그대 언제인가 뜻 돌이켜
그대 다시 돌아오시리라 하여
기다리고 기다리거늘

그대 떠나신다면

꽃인들 들꽃인들
여름 무더위 견디기 어려워
모여 몰려오는 무더위
무더위 무서워 일찍도
그대 떠나신다면
멀고 먼 땅
초록 숲 모여 사는
버질리아 사는 곳
무더위 숲 그늘에 머물고
이름 모를 새 숲 그늘에 울고
때로 가끔 어느 날
비바람 거세게 부는 날
무더위 꿈길 넘어가는 소식
빗줄기 내리는 물길에 띄워
기별 보내신다면
물줄기 물길 흐르는
물길 물소리 귀에 담아

기별인들 소식인들
들을 수 있으려나
물을 수 있으려나

비 온 후에

검은 구름 밀려가고

흰 구름 산봉우리 솟아나고

검은 구름 흰 구름 틈 사이에

푸른 하늘 얼굴 보이고

산골 계곡마다

물안개 피어오르고

산비둘기 울고 방울새 울고

방울방울 이슬

이슬 꽃잎 위에 구르고

이슬 에우며 빛나는 햇빛

산들바람 불고

산들바람 타고 버질리아

소식 전해오고

아, 순간순간 바뀌는 시야

아름답고 놀라워라

사라지는 것들

사라지는 것들 사라져
어디로 가시는 걸까
구름 타고 구름 건너
하늘 계단 걸어서
하늘 위에 하늘
복사꽃 피는 마을
바람 부는 벌판을 지나
강물 흐르는 강 언덕에
비 내리고 바람 불고
한 세월 사랑하는 사람
네 이름 부르는데
들으시는가 보이시는가
꽃 피고 꽃 지고 달빛 흐르는
산이요 강이요 들녘을 지나
너를 부르는 목소리 흩어지는데
날개 펴고 깃털 세우고
사라지는 것들 사라져
어디에 머무는 걸까

마음 어쩌다

마음 어쩌다 슬퍼질 때면
그대 생각나고
그대 시선 머무는 곳
구석구석 모서리마다
지난 세월 거미줄
참새 카나리아 날아와서
지난 세월 흔들며 울고
사랑도 울고 추억도 울고
그대 시선 머무는 곳
거미줄에 얽힌 세월 흔들리고
슬픔 그늘 어두워
마음 더욱 슬퍼지노라

한 마리 새가 되어

오늘 한 마리 새가 되어
뭉게구름 타고
하늘 흐르는 뭉게구름
추억 찾아 사랑 찾아
하늘 날아볼까나
산 넘어 강 건너
어디에 머물러
목마른 샘물 퍼 올리며
아, 눈물 나도록 그리운 사랑
오늘 한 마리 새가 되어
추억 따라 사랑 따라
정처도 없이
높고 먼 하늘 하늘 끝까지
날아볼까나

눈에 눈물

바람 옷자락 날리면

눈에 눈물 고이는데

왜 그런지 나도 몰라

춘메이 떠나가고

미자 말없이 돌아서고

버질리아 혹시나 기다려주려나

깊은 밤 산 뻐꾸기 울고

가슴속 아픔 맺히고

아픔 아리고 아리는데

왜 그런지 나도 몰라

바람 꽃잎 스치고 지나가면

눈에 눈물 고이는데

꽃잎 끝에 꽃으로

어이할까 이 마음
슬프고 또 슬프니
술 마시고 취한 듯이
약 먹고 취한 듯이
낮이면 낮으로
밤이면 밤으로
빗줄기 쏟아지듯
폭풍우 몰아치듯
손마디 아프고 발가락 저리고
아프고 저리고 시리고
어이할까 이 마음
밤낮 없이 슬프고
머리 아프고 어지럽고
별을 보려나 달을 보려나
떨리고 가슴 떨리고
머뭇머뭇 마침내 보느니 듣느니
꽃잎 끝에 꽃으로 피는 나비
베토벤 피아노 협주곡 5번

그대에게 꽃을

산길 험한 길
산골 골짜기 흐르는
흐르는 물소리
숲속 깊은 숲속
새 우는 소리
나무 나뭇잎 흔들리는
바람 흔드는 소리
하나로 모아
하나로 묶어
한 다발 한 송이 꽃으로
그대에게 꽃을

울지 마소

— 진도아리랑에 부쳐

울지 마소 울지 마소

내 사랑아

오늘 멀고 먼 길 떠난다 해도

산 넘고 물 건너 떠난다 해도

가는 길 발걸음 어찌 걸으라고

먼 나라 소식 한번 전하기

어렵다 해도 그대 이름 부르는

소리 굽이굽이 골짜기 맴도는

산 메아리 되어

밝은 날 한 마리 나비,

나비되어 창가에 기웃기웃

기웃거려 찾아오리니

울지 마소 울지 마소

내 사랑 울지를 마소

자랑하여라

하늘 맑더냐
하늘 흐리더냐
이슬비 내리고 이슬 맺히고
흐린 하늘 아래
그림자 없이 세월 지나가는 소리
옛 시인 말하기를
세월 화살같이 날아가나이다
하니 빛나는 청춘 빛같이
사라지려니
오늘 비 내리고 홀로 선 네 모습
아름다워 네 젊음 빛으로 빛나니
지나고 나면 아쉬운 일 서러운 일
지금 네 젊음 빛으로 빛나는 시절
아름다운 젊음 자랑하여라
빛으로 자랑하여라
자랑하여라 빛으로 자랑하여라

그림자

구름 가득 펼쳐져

위쪽으로 위로 아래로

쌓여 천천히 움직이고

나무들 말없이

그 모양 모습 때마다 다르게

햇빛 비추는 곳

꽃그늘 그림자 아름다워

잠시 그림자 흔들리다가

그대 부르는 목소리

메아리 되어 숨어 사라지고

그림자 그늘 걷히어 사라지고

가을장마

빗줄기 잠시 멈춘 사이
참새 떼 우루루 몇 마리 날아와
나뭇가지에 앉으니
두 눈을 보아라
두 발을 보아라
언제나 변함없이 갈색 깃털
바람 멈추고
회색 구름 바쁘게
날개 펄럭이며 빠르게 흘러
가을 잎새 흔들리고
다시 빗방울 떨어지고
허허로운 벌판
다시 바람 일렁이고
미자야
네 검은 눈동자 깊은
이슬 흐른다

징하다

오매오매 징하구만

오매오매 못살겄네

밤낮없이 까마귀 울고

밤낮없이 까마귀 울고

날마다 밥 먹고 술 먹고

날마다 밥 먹고 술 먹고

밤마다 젖꼭지 빨고

사랑도 좋고 좋아도 좋아라만

오매오매 징하구만

오늘 날씨 흐리니

비나 실컷 퍼부어라

가시는 길

아침 안개 자욱하여
가시는 길 뱃길 항해 길
어려울까 하여
마음 저리는데
어느 구석 어느 쪽 모래톱 위험하니
적으나 많으나 비 내리고
행여 유라굴라 광풍 불까
크게 소리 내어 바람 불까
마음 이리저리 쫓겨 가다가
경사진 해안 그대 머물면
감았던 눈 이제야 뜨며
그대 가시는 길 어둠 헤치고
거침없이 가시는 모습
기다리고 기다리며 다시 보리라

희망을 찾아서

무인도 바위섬에 홀로 앉아
먼 수평선 바라보니
해바라기 장미꽃 피지 않고
깻잎 상추 작은 고춧잎 줄기
도무지 볼 수 없으니
외롭고 쓸쓸하여라
하늘 끝 이어져 눈가에 넘치니
버섯구름 솜털구름 아득한 섬
하늘 바다 맞닿은 한줄기 시야
밝음이 어둠 따라 어둠이 밝음 따라
수평선 너머너머 바람 넘나들고
꿈마저 숨어 머무는 곳
무엇이 어디에
희망이라 얼굴 비칠까
보이지 아니하고 잡을 수 없으나
이제 길 재촉하여
희망을 찾아서 떠나리라

도라지꽃

거센 비바람 속에

꽃망울 꽃봉 터져

도라지꽃 피었으나

하늘 어둡고 비 내리고

기다리는 약속 이슬 맺히고

영롱한 이슬 눈물처럼

하늘 우러러 열린 꽃잎

보랏빛 꿈

물안개 가득한 눈

세월 지나가는 소리 들으며

무슨 말 하려는가

사뭇 홀로 기다리며

무슨 말 하려는가

사랑은 새벽안개처럼

너는 말하기를
사랑은 개나 주고 즐기자 하니
날마다 자전거 타고 달리듯
즐거운 듯하나 가다 보면
멈추는 곳 있으리니
때로 피곤하고 쓸쓸하여
잠드는 곳
어느 날 비 내리고 강물 흐르고
사랑은 새벽안개처럼
너를 깨우리니
비로소 네 가슴 넘치는 서러움
사랑 서러운 눈물 흘리리라

제5부

강물 건너가다가

그대 모습

꽃그늘에 가려져

눈에 보이지 않으니

보이는 것들 그 모습 그대로

보이는 듯하여도

아름다움 감추어져 더욱

아름다운 그대 모습

향기 넉넉하여 높고 깊고

아침에 피어난 꽃

저녁 해 질 무렵 시들지라도

꽃그늘에 숨어서 핀 꽃

강물 건너가다가

강물 건너가다가

강물에 빠져 죽은

젊은 아버지와 어린 딸 보니

이제 거기에 사랑 찾아 왔는가

사람들 믿음을 따라 믿음으로

평안히 쉬리로다 노래하니

이제 거기서 소망 찾아왔는가

해 저무는 저녁

따뜻한 잠자리 찾아 떠도는

떠도는 사람들

보리떡 다섯 개 물고기 두 마리

잠들기 전에 필요하거늘

이제 거기에 은혜 찾아 왔는가

좀 더 뜨거운 가슴으로

아침 눈부신 햇빛에

아침 눈부신 햇빛에

도라지꽃 눈부신 보라색

해바라기 나팔꽃 햇빛에 피어나고

벌 나비 날아드니 오늘의 양식

넉넉하고 풍족하여 시방

고추나무 줄기에 고추

먼 유방산 눈앞에 가까이

산들바람 산들 산들

새 세상 잠 깨우고

새 세상 소리 없이 열리고

너를 떠나보내며

— 누나를 떠나보내며

새벽노을 붉게 불타는 새벽
붉은 장미 시들고
추억도 떨어지고
사랑도 떨어지고
어둠 젖은 꿈들 사라지고
그리움 강 건너 사라지고
눈물 어린 지난날 떠나가니
목메어 네 이름 부른다 해도
먼 산에 뻐꾸기 울고
산 메아리 흩어져 떠나가고
떠나느니 너를 떠나보내며
울음 울음 울음도
가슴에 머물러 서는 것일까
울음도 눈가에 흐르지 못하는 것일까

바람 거칠게 불어

바람 거칠게 분다

하늘에 구름 빠르게 흘러가고
초록 나뭇잎들 몸서리치게
몸부림치고 태풍
태풍 불어오려나

밤이 깊고 낮이 가까웠다 하나
올무 덫 나무뿌리 송두리째
흔들리고 꽃잎 떨어지고

바라건대 고요하고 조용한 날
깊도다 바람의 깊이여

바람 거칠게 불어
여린 풀줄기 하늘 끝에 흔들린다
제비 한 마리
먼 하늘 끝으로 사라지고

비 오시려나

비 오려나

검은 구름 북쪽에서 몰려오고

서풍 불고 산비둘기

구슬프게 우니 까마귀 까악 까악

울음 칼잎 위에 머물고

마음 스산하여 약속도 없이

기다리는 희망도 없이

앞산 그리매 어둡고

꽃잎 머리 숙여 쓸쓸한

흐린 아침 소식

눈가에 애달픈 이슬

이슬 씻는 비 오시려나

방울새

방울방울 방울새
이슬방울 구르듯
빗방울 구르듯
비 내리는 네 꿈길에
밤에도 밤새 찾아와
젖은 꿈 담장에 앉으니
무슨 서러움 있는가
무슨 서러운 소식 있는가
아직도 그리운 이 그리움 못 잊어
그리워 서러운 눈물 마르지 않는데
네 꿈길 굽이굽이 외로운
안개비 내리는 끝자락에
눈물 흘리며 보채는 방울새
어이 슬픈 발걸음 멈추게 하는가

사랑의 빛

밤에도 꺼지지 않는
교회의 십자가 불빛
붉게 빛나고
낮이면 나무줄기 나뭇잎
초록으로 초록빛 빛나고
바람 불어 바람 불어도
보이지 않으니
그토록 오랜 세월
사람들 마음마다 불타오르는
사랑의 빛
무슨 색깔 어떤 빛일까
눈으로 볼 수 없고
귀로 들을 수 없고
손으로 만질 수 없어도
마음에서 마음으로 흐르는
따뜻하고 포근한
느낄 수 있는
사랑의 빛 어떤 빛일까

가버린 사랑

환상이었거니
또는 낭만이었거니
한때는 여름 햇볕 뜨거운
물 뿌려 끌 수 없는
사랑 가슴에 불 지르고
불꽃 심장에 불 지르고
어쩔 수 없이 하늘이 되고
바다가 되고
어느 날 허공에 세월
지나가는 소리 울리어
사랑 낙엽 되어 떨어지고
추억 마음에 머물러 서성이고
어두운 길 어둠 속으로
그 모습 볼 수 없이
이제 보이지 않는 사랑
가버린 사랑

겉옷

자연의 거대한 문이 열리면
보이는가 작고 작은 한 점
작은 날파리보다 더 작은
사람의 생명
사람이라 하여 사람이니
무슨 바람 있는가
무슨 깨달음 얻었는가
부처는 말이 없고
예수는 말 많으나
생명길 비몽사몽
사람들 말하기를 이제
황금의 시대 끝났다 하니
여름 더운 날 알몸 드러내고
날씨 추운 겨울날 겨울에
어찌 겉옷 벗으리오

태풍 불면

태풍 불면 사라호 태풍 생각난다

하천 물 넘쳐흘러
강이 되고 강물이 되고
거센 물결 무섭게 흘러 넘쳐
하천 옆 꽃밭 떠내려가고
개 돼지 소 한 마리 허우적거리며
떠내려가고, 산 밑 동네 물길에 갇혀
며칠씩 물길에 갇히고
새벽안개 자욱한 기차역
사촌 누이 기차 타고 떠나가던
무엇일까 알 수 없는 외롭고 쓸쓸한
소년의 꿈 소년 시절 떠내려가고
요즘도 가끔 장마철 태풍 불면
국수집 간판 떨어지고
전기 줄 끊어지고 추억 떨어지고
거센 비바람 거친 빗줄기 타고

소식 알 수 없는 네 첫사랑
빗물에 씻기고 빗물에 씻기고

태풍 불면 사라호 태풍 생각난다

여름 아침 하늘

여름 아침 하늘
도무지 구름 한 점 없이 푸르게
높음도 알 수 없이 깊음도 알 수 없이
넓음도 알 수 없이, 하늘 끝 먼 산 넘어오는
무더위, 무더위 꼬리 붙잡고 함께 넘어오는
부처 얼굴 보이지 않고 예수 얼굴 보이지 않으나
푸른 깊음 속 금강경 떠 있고 반야심경 떠 있고
마태복음 떠 있고 도마복음 떠 있고
볼 수 없어 보이지 않으나 사람이 무엇이건대
하늘 흐르는 뜻 어이 알며 무더위 몰려오는 것을
어이 두 손 가려 막을 수 있으리오
무하마드 비슈누 모두 불러 물어본들
오늘 무슨 소용 있으리오 마침
높은 산 모서리 버섯구름 피어오르니
구름 더욱 크게 펼쳐져
검은 구름 하늘 가리어 어두워지면
소나기 한줄기 쏟아지려나
휩쓸리는 무더위 한순간 씻어내려나

어둠 부르니

해 질 무렵 바람에
구름 떠밀려 북쪽으로 떠밀려가며
어둠 부르나니 한낮
한동안 빛에 가리어
오히려 숨어 있는 것들
조금씩 문을 열고 어두운 곳에서
어둠 부르니 이제 보이는 것들
바람에 떠밀려 북쪽으로
차마 밝을 때 그게 사랑일까
차마 밝을 때 그게 소망일까
알지 못하였거늘
보이는 것으로 알지 못하고
듣는 것으로 깨닫지 못하고
해 질 무렵 바람에
어둠 찾아오나니
마음에 비추어 비추인 빛 스러질 때
마음 애달파 눈물마저 서글퍼지노라

말하건대

뒤로 넘어져도 코가 깨지는 자 있고

앞으로 자빠져도 멀쩡한 자 있으니

이 아니 운이런가 허나 각성하는 자

어찌 운에 기대어 있겠는가

부처는 보살에게 말하되

그는 이미 진리를 알았다 하였고

예수 가라사대 나는 길이요 진리요 생명이라

하였으나 빌라도 묻기를 진리가 무엇이냐

물으니 말마다 말하건대 헷갈리기는 마찬가지

선생 오쇼는 날마다 획기적인

전환점(the point of departure)을 강조하니

옛 시인 노래하기를

말로서 말 많으니 말 많은가 하노라

하니 또한 세상 참 말 많은가 하노라

느티나무 한 그루

느티나무 한 그루 서 있는 곳

느티나무 도서관 창가에 햇빛 찾아와

종소리 잠에서 깨어나고

이본느의 사랑 이야기 시작되고

네 첫사랑 거기 머물러

만돌린 노래 울려 퍼져서

바람 잔잔한 물길로 흐르고

물길 따라 꽃 피는 꽃소식

편지 한 장 날아와

가슴 붉게 물들이니

새벽노을 붉게 저녁노을 붉게

느티나무 그늘 속으로

젊은 시절 사랑이야기 속삭이며

손 흔드는 바람의 손짓

버들강아지풀

버들강아지풀 한 줄기 한 잎
바람에 하늘 속으로 휘날리고
하늘에 짙은 회색구름 펼치니
까마귀 짝을 지어 날고
태풍 지난 후 다시 비 오려는 듯
햇빛 비추이다가 가리우다가
시원한 바람 불고
더위 지나가는 듯 어느덧
가을 문밖에 이르렀는가
날씨 흐리고 맑아지고
계절이 오고가고
나무 숲 나뭇잎 무더기로 모여
몸부림쳐 휘청거리고
버들강아지풀 바람에 흔들리는
흔드는 바람의 깊은 속셈
그 까닭을 누가 어떻게
들여다볼 수 있으리오

벌

벌이여
봉침 잃은 벌이여
탈진한 벌이여
땅바닥을 기는 벌이여
이대로야 죽을 수 있으랴
움틀거리어 걸어라
걷고 또 걸어라
걷고 뛰고 날아라
날아라 날아라 날아올라라
구름 위로 날아올라라
하늘 층계 계단을 뛰어 날아라

더덕꽃

육 년 칠 년 비바람 마신다
산골 흙 속에 얽히고설키어 뿌리 내린다
이제야 이른 여름 더위 이르니
흰색 보라색 어우러져 꽃으로 피어난다
하늘 우러러 부끄러움 없으니
홀로 숨은 듯 보내는 세월이 가고
산골 하늘빛으로 더덕꽃 피어난다

누가 알리오

사람 사는 세상이라 하였는가

누가 알리오 그 끝 모를 세상을

때로 세상 흔드는 바람 불고

강물 강 따라 흘러가고

종소리 울리어 소리들 울리고

꽃처럼 아름다운 사랑 이야기

가끔씩은 여기저기 꽃으로 피고

꽃길 꿈길 걸어가며

만나고 헤어지고 사라지고

다시금 겨울 겨울추위

검게 마른 나무 숲 나무 숲속

솔로몬의 헛된 꿈 헤매이고

다음 생애는 없다

애석한 일이지만
불평할 다음 생애는 없다

꽃이 꽃으로 피나 같은 꽃 피지 아니하고
잎이 잎으로 돋아나나 같은 잎 돋아나지 아니하고
사과 열매 풍성하게 맺혀 있으나
같은 열매 맺히지 아니하니
그러하니 아름답고 즐겁고 소중하고
그러하니 일하고 가꾸고 살아가는 일
더욱 보람 있느니

땅에서나 하늘에서나 저 먼 세계에서도
어리석게 같은 일 일어날 수 없으니
사람이 사람으로 사는 길
그립고 애달프고 사랑하는 것들
새벽안개 둑방길 걸어가듯이

풀잎에 맺힌 이슬방울 떨어질 때

두려움마저 떨어지나니 거기

그 자리에 그대 평화를 만나리라

아라리

처음부터 한숨이요 눈물이니

어이 가슴 문 열어

모두 다 보여드리리오

아라리

냇가에 비 내리고

냇가에 눈 내리고

다만 다시 찾아오시고

다시 또 떠나가시고

무심한 사랑

약속도 없이 기다리고

무심한 세월

말없이 흘러가고

다시 시작한다 하여도

마른하늘에 벼락치고

장마 들고

네 마음 스스로 괴로워하리라

돌 10

차갑고 놀라워라

꿈에도 생각하지 못한 일들

꿈에서도 손 내밀고

일어서니 당황하여

손으로 눈 가리고 꿈이려니 해도

아연실색

모퉁이 돌 버려져 돌이려니 해도

돌부리에 걷어차인 발가락 부러지고

발가락 뼈 어쩔 수 없이

부러지고 또 부러지고

버려진 돌 더욱 굳어지고

죽림에서 석교까지

산길 숲길
할머니의 걱정 어린 새벽길
눈부시게 일렁이는 햇빛 바다
바다를 등에 메고
산언덕 오르던 달음박질
바위 틈새 작은 개울 흐르고
참새 떼 떼 지어 날고
한 동네 두 동네 세 동네 지나며
죽림에서 석교까지
아침저녁 날마다 걷고 뛰던 길
걷고 걷던 길 학교 가는 길

식물 화가

어려서부터 풀잎 꽃잎
그 모습 그 모양 들여다보다가
감춘 속살 살펴보다가
자연의 신비
생명의 경이로움 깨달으매
사람의 생명 한순간에 불타고
비 내리고 비바람 불 때
풀잎 떨어지고 꽃잎 시들고
사랑하는 사람 떠나가니
하늘의 뜻 알 수 없으나
마음 차분하게 감사하는 마음
겸손함이 머무르는 창가에서
식물 화가 식물 그림 그리니
다시 하나의 씨앗
그림 신기하고 아름다워라

무의미

깊은 밤 잠 못 드는 죽음

입술 마르고 목마른 뼈마디

뼈마디 아프고 가슴 저리는

어둠 거세게 쏟아지는 폭우

폭풍우 휩쓸고 지나간 자리

어린 소녀 두려움 가득한

푸른 눈동자

허기진 목구멍 배고픔 빈혈

TV 아우성 북소리 두들기는 세상

유명한 식객 한 사람

돼지처럼 먹고 마시고 웃으니

반전, 갑자기 지붕 내려앉고

햇볕 뜨거운 모래사막

어린 소녀 지쳐 쓰러지니

모래밭에 무심초 무심히 피어나고

붉은 해 뜨는 쪽으로

보라색 하늘

하늘 아래 하늘 밑

장미꽃 피지 않느니

장미꽃 어디에서 피어날까

까마귀 우는 소리

소나기 쏟아지니

까마귀 우는 소리

아야 아야 아야 내 머리야

빗줄기 날개 아프게 때리니

아야 아야 아야 내 뼈마디야

네 마음 네 울음소리에 실어

네가 우니 나도 울고

너도 울고 나도 울고

떠나는 여름 울고

흐린 가을날 흐린 꿈 울고

한여름 밤의 꿈

떠나가며 우는 소리

푸른시인선 20

솔로몬의 방

— 나를 울게 하소서